D0150477

# JULIÁN RODRÍGUEZ

CRISIS DE BASURA EN LA TIERRA

¡VE!

# JULIÁN RODRÍGUEZ

## CRISIS DE BASURA EN LA TIERRA

### Alexander Stadler

Este libro llega a ti gracias a
Andy Baker, Kara LaReau y
Holly McGhee.

# ¡Indignante!
# ¡INDIGNANTE!

¡Esa es la única palabra que puede describir el trato que he recibido en este patético planetita!

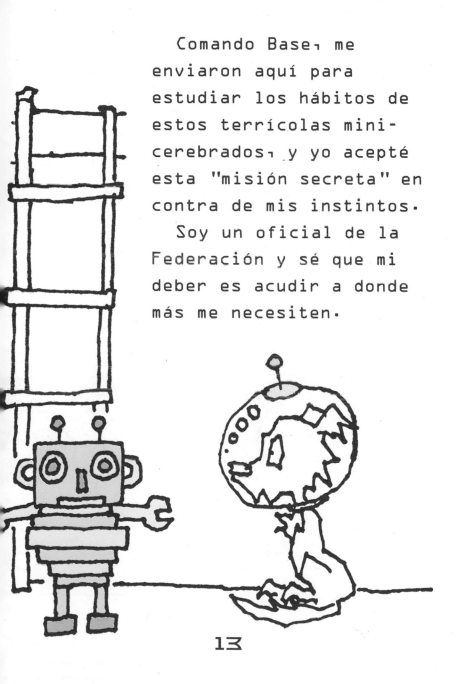

Comando Base, me enviaron aquí para estudiar los hábitos de estos terrícolas mini-cerebrados, y yo acepté esta "misión secreta" en contra de mis instintos.

Soy un oficial de la Federación y sé que mi deber es acudir a donde más me necesiten.

13

Durante ocho largos años,
he estado disfrazado de joven
terrícola.

Jamás me quejé, a pesar del
maltrato, las privaciones, los
insultos y las faltas de respeto
que he tenido que soportar a manos
de estas primitivas formas de
vida.

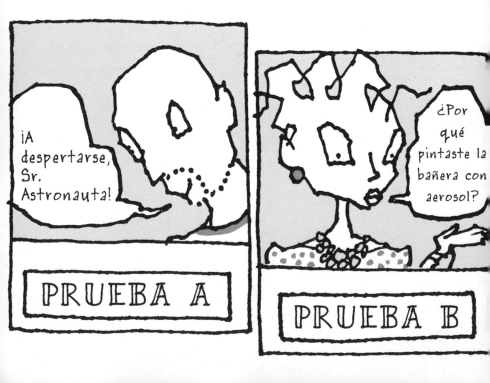

Les he informado fielmente sobre su ridícula cultura, sus idas y vueltas absurdas, sus dichos y hechos sin sentido.

Lo he hecho con alegría porque vivo para servir a la Federación y para servirle a USTED, Comando Base.

¡Pero esto es el colmo!

Hoy he sido tratado de un modo que solo puede ser catalogado como

# ¡HUMILLANTE!

## ¡TOTALMENTE HUMILLANTE!

Comando Base:

¡No puede ser,
Oficial Rodríguez!
Alguien que ha visto la batalla
en los confines más lejanos
del espacio desconocido,
un héroe conocido en toda
la galaxia por su valentía
y por su innegable encanto.
¿El Primer Oficial Julián
Rodríguez ha sido humillado?
Nos cuesta creerlo.

Por el honor de la Federación,
Comando Base, juro que cada
palabra de mi informe está basada
en hechos verídicos.

Comando Base:

Oficial,
por favor, describa la situación
con el mayor detalle posible.
Nos es difícil
comprender cómo
el **PRIMER OFICIAL**
Julián Rodríguez pudo haber
sufrido una humillación
tan grande.

Describiré los acontecimientos exactamente como ocurrieron, Comando Base.

Ya verán cómo he sufrido a manos de estos malvados terrícolas.

Verán qué tortuosa puede ser esta existencia en medio de los minicerebrados.

Se enterarán de las injusticias que se han cometido en mi contra y se horrorizarán.

# ¡SE HORRORIZARÁN!

Comando Base:

El banco de memoria
está listo para recibir
su transmisión.
Primer Oficial Rodríguez.
Comience el envío.

Muy bien.
Todo
comenzó
temprano
esta
mañana,
a las
7 horas,
cuando la
Unidad
Paterna
interrumpió
mi
actividad
del
sueño.

Me alimentó con una sustancia
que solo puedo describir como
sedimento espacial intergaláctico

y me entregó mi cápsula
nutricional del mediodía.

Con este almuerzo en mano fui
enviado al centro educativo.

Como sabe, Comando Base,
poseo estrictos requerimientos
nutricionales.

Debo consumir cantidades
significativas de sales, grasas
y azúcares.

Sin estos recursos vitales no
se puede esperar que sobreviva en
esta atmósfera tóxica.

Una y otra vez les he informado
a la Unidad Paterna y Materna que
mi cápsula de mediodía es una
parte importante de mi dieta.

## Debe contener

pastel
rico
en
energía

cobertura
protectora
de chocolate

saludable
relleno
cremoso

**1.** Al menos dos
porciones del alimento
terráqueo conocido
como alfajor;

repleta
de nutrientes
(sabor de
néctar celestial)
y propiedades
antigra-
vitatorias.

**2.** Una deliciosa
fuente de energía
líquida conocida como
malteada; y

**3.** Un envase
herméticamente
sellado de palomitas
crocantes.

PALOMITAS

sellado
para
máxima
frescura

prácticamente
sin peso (importante
durante viajes espaciales)

Bien, Comando Base, a pesar
de mis repetidas súplicas y
explicaciones, esta mañana se me
entregó una vez más lo siguiente:

desprovistos
de sabor

inútiles

1. Unos listones como
de madera de algo
llamado zanahoria;

invisible, hidratante,
sí, pero
completamente
inútil, sin ninguno
de los extraordinarios
beneficios
de la
malteada

2. Un líquido
transparente e insípido
llamado agua que no sabe
a absolutamente nada;

3. Algo llamado salchicha
vegetariana, demasiado
desagradable para intentar
siquiera describirla
con palabras.

salchicha vegetariana cortada
en trocitos igualmente
repugnantes

Me deshice de estos materiales
nocivos a la primera oportunidad.

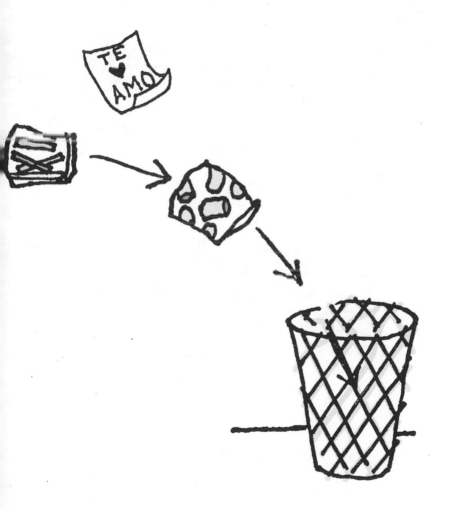

31

Una vez más, me las ingenié para
llegar sano y salvo del sitio de
estudio hogareño al centro educativo.

Logré hacerme amigo de un
controlador de tránsito de peatones
que facilita mis entradas y salidas
desde y hacia el centro educativo.

*Comando Base:*

*El centro educativo,*
*por supuesto.*
*Sabemos que ha aprendido*
*mucho allí sobre*
*la "cultura" terrícola.*

Afirmativo. Como se sabe, ha sido
dificilísimo ocultar mi superioridad
intelectual en presencia de los
mini-cerebrados.

La mayoría de las veces he triunfado. Pero hoy me han sometido a una prueba que hubiera desafiado las habilidades del más fuerte guerrero de sexto grado.

Comando Base:

¡Santo Voltrón!
¿Qué tuvo que soportar?

Al comienzo del día, nos
anunciaron a través de su crudo
sistema de despliegue informativo
que toda la programación diaria
normal había sido cancelada.

36

Yo y todos mis compañeros mini-
cerebrados seríamos sometidos a
un maratón de seis horas de algo
llamado

## PRUEBA DE
## NIVELACIÓN ESTATAL.

Comando Base:

No entendemos
a qué se refiere.
¿Podría explicarnos
el significado de
"Prueba de
nivelación estatal"?

¿Recuerda los informes que envié después de mi arriesgada misión en el pabellón médico, donde sufrí en manos del malvado Dr. Zimmerman y su enfermera-robot asesina?

Comando Base:

Por supuesto,
Primer Oficial Rodríguez,
todos los miembros
de la Federación
están al tanto de la valentía
que demostró allí enfrentándose
al dolor más enloquecedor.

Bien, esto fue muy parecido a
aquello.

Fui arreado hacia un agobiante
y atestado vestíbulo sin aire,
junto a cientos de pobres mini-
cerebrados.

Bajaron las persianas para que no pudiéramos ver la luz del día.

Durante horas, se nos obligó a rellenar pequeños círculos con un tosco palo de madera y grafito.

Página tras página se nos agobió con preguntas abrumadoras sobre trenes y millas por hora.

Durante lo que pareció un milenio, mi mente estuvo atrapada en el enviciado atolladero de un concepto conocido como MAYOR QUE / MENOR QUE.

En la sección media del día,
fuimos brevemente liberados para
restablecer las fuerzas con
nuestras cápsulas de nutrición.

Yo, como he informado, no tenía
ninguna.

Después volvimos a hacer más pruebas.
¡Imagínense una mente brillante como
la mía siendo forzada a luchar con
estas tonterías insignificantes!
  ¡Yo, Julián Rodríguez, que comprendo

la multiplicación en toda su compleja
majestuosidad, fui obligado a lidiar
con conceptos que cualquier niño
corriente de la Federación dominaría a
la edad de tres años!

*Comando Base:*

*Inconcebible.*
*¡Esto suena peor que*
*la tortura ritual del agua*
*que ellos llaman*
*"La Hora del Baño"!*
*¿Cómo aguantó,*
*Primer Oficial?*

Nunca lo sabré, Comando Base,
nunca lo sabré.

Por los designios del universo,
justo cuando estaba a punto de
quebrarme, una fuerte alarma
resonó y todos fuimos liberados.

Débil a causa del hambre, regresé a mi sitio de estudio hogareño.

En el camino hacia allí fui interceptado por mercenarios extraterrestres...

la villana Mamie y su secuaz Doris.
Deben recordarlas de mi reporte
del Día Estelar 19, titulado
**Ataquedechica.**

Sospecho que estaban tras mi banco

de datos, pero no pudieron conmigo.

Las derroté rápidamente con unos pocos

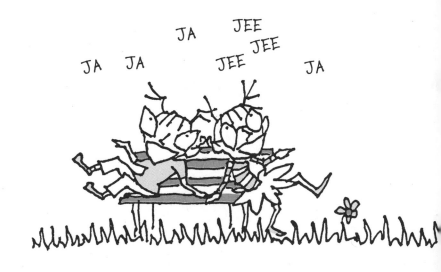

golpes de mi sable láser zirconiano

y escapé de sus
burlas con los
documentos
intactos.

Sé lo que está pensando, Comando
Base. Lo que he descrito no
debería parecer desafiante para un
oficial de la Federación cuatro
veces condecorado.

Y tiene razón en pensarlo.
He enfrentado males
mucho peores en mi
ilustre carrera.

De todos modos, mis pruebas
estaban lejos de haber terminado.
Estaba a punto de confrontar la
mayor injusticia de todas.

Todo en manos de...

# Mamimaligna.

Comando Base:

¿Mamimaligna?

Tal vez la recuerde de mis informes anteriores.

Ella es la supervisora de mi sitio de estudio hogareño.

ojos que todo lo ven

fuente de energía

aparato de comunicación

Me habrá escuchado mencionarla como La Unidad Materna.

**Comando Base:**

Ah, sí, Mamimaligna,
la cruel supervisora
que desbarata sus planes
en todo momento.
¿Qué dificultades presentó
en esta ocasión en particular?

Tal como dije antes, me
humilló.

**Comando Base:**

*¿Pero cómo,*
*Primer Oficial Rodríguez?*
*¿Cómo?*

Hambriento, deshidratado y muy posiblemente próximo a la muerte, regresé al sitio de estudio hogareño.

Cuando ingresé en el domicilio, Mamimaligna estaba presente pero me prestó escasa atención. Como de costumbre, estaba conversando mediante su primitivo aparato de comunicación.

Yo esperaba que se me ofreciera un pequeño bocado de comida a mi regreso. No obtuve nada.

Sin nadie a quien acudir, intenté prepararme yo mismo un sándwich.

Los terrícolas tienen un extraño ritual ligado a sus hábitos alimenticios. Por la tarde, practican una forma de abstinencia conocida como ''no comer entre comidas''.

Es una costumbre muy cruel que causa, creo, buena parte de la discordia en este problemático planeta.

A pesar de mis esfuerzos, mi sándwich fue confiscado. Mamimaligna me dejó con un esferoide rojo supuestamente nutritivo.

La manzana encontró el mismo
destino que el mentado almuerzo.

Luego, Comando Base, me fue asignada una dura labor.

¡La Unidad Materna insistió en que me ocupara de tirar un gran bote lleno hasta el borde de basura humanoide!

¡Aquello no era un trabajo adecuado para un oficial de la Federación! ¡Ah, no! Ni siquiera cuando fui un modesto novato en el campamento me pidieron que hiciera semejante cosa.

No veía tanta mugre desde la
Gran Rebelión de la Cafetería.
Esto trajo a mi mente las palabras
del poeta Silverstein:

"Y se amontonaban hasta la tapa:
café molido, cáscaras de papa,
plátanos cafés, duraznos podridos,
pedazos de queso magro y vencido".

# ¡Y el olor!

Comando Base:

¿Era insoportable?

Soy, como se sabe, un valiente explorador, y he vivido muchos horrores a lo largo y ancho del universo conocido y desconocido.

80

Pero esa pila de deshechos era
diferente a todo lo que jamás
hubiera visto u olido.

*Comando Base:*

*Para nuestros registros,*
*Rodríguez,*
*¿podría cuantificar*
*el nivel de hedor?*

—

El tufo era peor que el aliento
de esa mini-cerebrada llamada
Apestosa Weinbaum.

83

Sabiendo que los olores
podrían perfectamente dejarme
inconsciente, intenté ganar algo
de tiempo recuperando mi energía
frente al M-VER (Monitor para Ver
Entretenimiento y Relajarse).

He descubierto que este aparato
es una invaluable herramienta de
investigación. Siempre fiel a
la Federación, esperaba dedicar
lo que quedaba de la tarde a su
estudio en profundidad.

Mamimaligna parecía desconocer mi frágil condición y me repetía una vez más que retirara la inmundicia maloliente.

Le expliqué claramente a mi
atormentadora que necesitaba al menos
quince minutos más de descanso o de lo
contrario podría colapsar.

Media hora más tarde, justo
cuando mi fuerza estaba comenzando
a retornar, Mamimaligna reapareció.

Tal vez en ese momento podría
haber llevado a cabo la desagradable
tarea. Pero durante el breve tiempo
en que había estado estudiando la
M-VER, me había quedado absorto ante
esa fascinante forma de programación
terrícola conocida como las
caricaturas.

¡Ay, estas caricaturas, Comando Base! Realmente debería permitirme instalar un par en su memoria digital. ¡Son algo extraordinario!

Aunque primitivas, contienen
acción, peligro, suspenso y humor:
todo lo que un ciudadano del
universo necesitaría saber.

Mamimaligna no entiende lo valiosas que son estas caricaturas. La he escuchado decir en varias ocasiones que las considera basura para descerebrados.

Y basura era ciertamente lo que
ella tenía en mente cuando una vez
más me interrumpió, esta vez con
furia en sus ojos.

Comando Base, ¡me trató como a un humilde subordinado! Sin siquiera decir por favor, me exigió que desactivara la M-VER inmediatamente y que llevara los desechos fétidos a su sitio de eliminación.

¡Y entonces me amenazó! ¡Me amenazó con la prisión!

NO.

No vamos a esperar la "mejor parte". No hay mejor parte. Te vas a tu habitación AHORA MISMO, JULIÁN EMMANUEL RODRÍGUEZ, lllly no vas a salir hasta que estés listo para SACAR ESTA BASURA!!!!

Como se sabe, Comando Base, no soy alguien que tolere las amenazas.

Y es por eso,
Comando Base,
que ahora me
encuentro
languideciendo
en esta
prisión
terráquea.

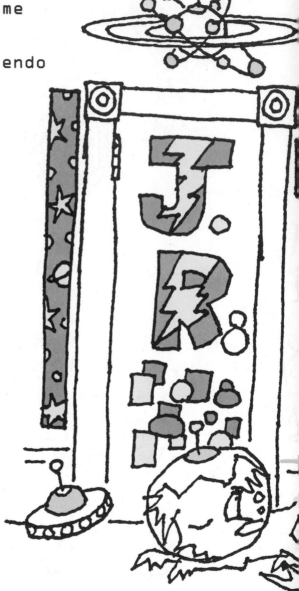

Han intentado quebrarme, pero mi orgullo está intacto.

Comando Base:

Este es el informe
más escandaloso
que jamás haya transmitido,
Oficial Rodríguez.
Estoy verdaderamente
consternado por su calvario.

Comando Base:

Un tema aparte,
Primer Oficial.
¿Puedo preguntarle
qué es ese ruido extraño
que detecto en
las inmediaciones
de su transmisor?

Comando Base:

¡Pero esto es demasiado!
¡Es una afrenta a toda la
Federación! ¡Es una tortura
del más bajo nivel!
¡No se puede permitir!
Primer Oficial Rodríguez,
¡prepárese para
ser trasladado!

Eso, Comando Base, es el sonido
de mi ávido sistema digestivo.
Estos terrícolas desalmados
intentan matarme de hambre para
que me rinda. Hasta que no acceda
a sus demandas, me será negada
toda forma de nutrición.

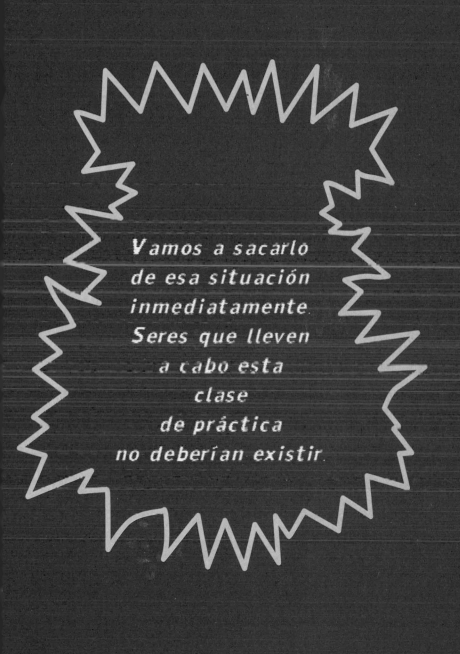

Vamos a sacarlo
de esa situación
inmediatamente.
Seres que lleven
a cabo esta
clase
de práctica
no deberían existir.

¡Sí, Comando Base!

¡Libérenme de esta
prisión terrícola!

106

Comando Base:

Muy bien,
Primer Oficial.
Prepárese para
la Transmisión Molecular.
Tan pronto como usted
esté a bordo, sano y salvo,
alistaremos nuestros rayos láser
para ANIQUILAR y volar ese
planeta entero
en pedazos.

*Comando Base:*

*¿Qué sucede,*
*Rodríguez?*

¡No puedo permitir que esto suceda!

¡Perdónelos, Comando Base! ¡No saben lo que hacen!

Los cerebros de los terrícolas son limitados y ciertamente pueden ser muy antipáticos.

¡Pero no merecen ser destruidos!

*Comando Base:*

*¿Pero qué otra opción queda?*
*Un oficial de la Federación*
*no puede morir de hambre.*

Comando Base, si eso salva las
vidas de estos miserables, haré el
máximo sacrificio.

*Comando Base:*

*Quiere decir que...*

Sí.

Sí.

Trasladaré el desperdicio.

**Comando Base:**

Muy bien, Rodríguez.
Debe hacer lo que
crea conveniente.
Nosotros cumpliremos
con sus deseos.
Después de todo,
usted comprende
a estos terrícolas
mucho mejor que nosotros.

Gracias, Comando Base.
Y ahora, debo desconectarme.
¡El deber me llama!
¡Larga vida a la Federación!

Comando Base:

*¡Larga vida
a la Federación,
Oficial Rodríguez!
¡Estaremos a la espera
de su próxima transmisión!*

118

123

This book is published simultaneously in English as *Julian Rodriguez, Episode One: Trash Crisis on Earth* by Scholastic Press.
Translated by E-verba translations
Text copyright©2008 by Alexander Stadler. Illustrations copyright ©2008 by Alexander Stadler. Translation copyright©2008 by Scholastic Inc. All rights reserved. Published by Scholastic Inc. SCHOLASTIC, Scholastic en español, and associated logos are trademarks and/or registered trademarks of Scholastic Inc.

Excerpt from "Sarah Cynthia Sylvia Stout Would Not Take the Garbage Out" from WHERE THE SIDEWALK ENDS by Shel Silverstein. Copyright ©2004 by Evil Eye Music, Inc. Reprinted with permission from the Estate of Shel Silverstein and HarperCollins Children's Books.

LIBRARY OF CONGRESS CATALOGING-IN-PUBLICATION DATA AVAILABLE

ISBN 13: 978-0-545-00233-2
ISBN 10: 0-545-00233-8

12 11 10 9 8 7 6 5 4 3 2 1          8 9 10 11 12 13/0

Printed in the U.S.A.     23
First Spanish printing, May 2008

El autor les da un gran agradecimiento sideral a:

Carla Caruso; Emily van Beek; Maryann Connolly;
Barbara Carter; la familia Eisenberg Solloway;
la Dra. Ruth Greenberg; Elena Sisto; Brian Selznick;
Josephine Albarelli; Heidi Bleacher; Chris Bartlett;
Steve Scott; Carol Sue Steinback; Henry M. Stadler;
Lily G. Stadler; la Dra. Jean Baker; Jane Brodie;
Joan Stevens y Ese Bebé Feo; Darrin Britting;
el Dr. Carl Berger; Betty Sorace y el personal de
Can Do! Copies en Filadelfia; Kerry Coleman;
mis padres, John y Charlotte Stadler; la familia de
Henry y Josie; Marcy Hermsader; Simon Brodie Buonacalza;
y el Sr. Julian Carter.

Marijka Kostiw dirigió
el arte, diseñó y compuso
este libro. Kara LaReau
lo editó. Las ilustraciones
de la portada y del
interior se hicieron con
pluma y tinta sobre papel.
El arte del interior fue
coloreado digitalmente
por Jonathan Luciano y
Alexander Stadler. La letra
de la portada fue hecha a
mano por Alexander Stadler.
Marc Tauss coloreó la letra
y el fondo de la portada.

La letra del texto es
OCR-A, que fue creada en
1968 por American Type
Founders. La letra del
Comando Base es Break,
que es una letra de
GarageFont. Las letras
de los globos y de las
leyendas son Schmalex2000,
una letra creada a partir
de una letra hecha a mano
por Alex Stadler.

La producción de este
libro fue supervisada
por Joy Simpkins, y su
fabricación fue supervisada
por Jess White. El libro
se imprimió y se armó en
R. R. Donnelly.